幸福な王子

二〇二三年三月一日初版発行

著者　結崎剛

発行者　上野勇治
発行　港の人
神奈川県鎌倉市由比ガ浜三―一一―四九
〒二四八―〇〇一四
電話〇四六七―六〇―一三七四
ファックス〇四六七―六〇―一三七五
www.minatonohito.jp

印刷　シナノ印刷

製本　博勝堂

ISBN978-4-89629-412-5

結崎剛　ゆうきごう

一九八五年　東京生。二〇〇五年より鎌倉在住。
二〇一五年　歌集『少年の頃の友達』、
二〇一八年　Single 歌集『青空の函』、
二〇一九年　Single 歌集『蕩児』を自主版行。

初出一覧

「蕩児」〈ユリイカ〉二〇一六年八月号、青土社より五首、他Single歌集『蕩児』二〇一九、私家版

「鏡階段」〈ししし〉1、二〇一七年、双子のライオン堂

「青空の函」Single歌集『青空の函』二〇一八年、私家版

以上既発表のものは本歌集収録にあたり加筆修正した。

「幸福な王子」書き下ろし

ライン に既読つけつつ返信せず数年此奴とこんなに親密になれて　らいんにきどくつけつつへんしんせずすふねんこいつとこんなにしんみつになれて　44

老婆らの似つつ固有なかほなどをとほくに見つつ母見つけたり　らうばらのにつつこゆうなかほなどをとほくにみつつははみつけたり　46

立派な木生えてゐるのに光る眼にこんなにもここにかうしてゐたこと　りつぱなきはえてゐるのにひかるめにこんなにもここにかうしてゐたこと　79

わが葬をわれ見ず耳がひらくのみ声といふ声が零りかけられて　わがさうをわれみずみみがひらくのみこゑといふこゑがふりかけられて　52

わが眼書の十数頁のうへすべりせり上がりきて転がる心　わがめしよのじふすふぺーじのうへすべりせりあがりきてころがるこころ　70

わからないのよ　祖母言ふ声の稍聞ゆ　全きこゑきこゆべし　わからないのよそぼいふこゑのややきこゆまつたきこゑきこゆべし　75

わからないのよとふ祖母の声聞ゆのしるなかれその脳の野を　わからないのよとふそぼのこゑきこゆのしるなかれそのなうののを　77

わたしとはいまとかなたの重なりに置く雪や奥床しき住居　わたしとはいまとかなたのかさなりにおくゆきやおくゆかしきぢゆうきよ　28

わたしのことあはれだうして好きな人隣にゐて稲妻のやうに　わたしのことあはれだうしてすきなひととなりにゐていなづまのやうに　67

わたしのことだれもなんにも考へてくれなゐ世界ひもくれずあれ　わたしのことだれもなんにもかんがへてくれなゐせかいひもくれずあれ　32

私はとても美しいその後の歌詞忘れ恍惚と雪のやうな白い猫　わたしはとてもうつくしいそののちのかしわすれうつとりとゆきのやうなしろいねこ　19

わたしより多く速く輝く美しいもののまへに伏したり　わたしよりおほくはやくかがやくうつくしいもののまへにふしたり　31

わらわらと童が白い服を着て車内へ入れり　目ではなしあふ　わらわらとわらべがしろいふくをきてしやないへいれりめではなしあふ　47

われが泣いてゐると老婆がどこからか綺麗な声といつてくれたまふ　われがないてゐるとらうばがどこからかきれいなこゑといつてくれたまふ　32

われとおまへのあはひに立ててくる日傘マスクなどしてゐないからつて　われとおまへのあはひにたててくるひがさますくなどしてゐないからつて　69

われに似る人と会ひしといふことを伝ふ全くこの光つたら　われにるひととあひしといふことをつたふまつたくこのひかりつたら　81

われにのみ聞える声のうるささのしづけさやだあれもふりむかず　われにのみきこえるこゑのうるささのしづけさやだあれもふりむかず　31

われに降りそそぐすべての言葉など蔵めて世界音割れするかな　われにふりそそぐすべてのことばなどおさめてせかいおとわれするかな　50

われはいと高きところで真綿もてぬぐふ輝り敷く滴する空　われはいとたかきところでまわたもてぬぐふてりしくしづくするそら　78

ワン犬が孤りで吠えてわたしたちの住む世のむかうがは煩いか　わんいぬがひとりでほゑてわたしたちのすむよのむかうがはうるさいか　44

真心もてわれにふれくるかの人を信じてをひかなやむあめの空　まごころもてわれにふれくるかのひとをしんじてをひかなやむあめのそら　83

マスクしてゐないドキッと春の原歌ふ鳥らに目を遊ばせて　ますくしてゐないどきっとはるのはらうたふとりらにめをあそばせて　64

全き声いくたに越えてなく雲をつばさはくぐれわれは山彦　まつたきこゑいくたにこえてなくくもをつばさはくぐれわれはやまびこ　84

祭りばやし絶えて聞くなし十月に神となりに恐ろしくないか　まつりばやしたえてきくなしじふぐわつにかみとなりにおそろしくないか　76

窓よりの見慣れた景色にあるかなき動きみえ降りはじめてゐたり　まどよりのみなれたけしきにあるかなきうごきみえふりはじめてゐたり　60

眩しさうに楽しげ犬がはあはあとああはあはあと陽のなかにゐて　まぶしさうにたのしげいぬがはあはあとああはあはあとひのなかにゐて　62

ママ待つてる！　童女りりしくいひのこすどこゆくのよこの妖婆をおいて　まままつてるどうぢよりりしくいひのこすどこゆくのよこのえうばをおいて　37

路にきらりと光りたるもの駆け寄つて拾へり黄金色ののど飴　みちにきらりとひかりたるものかけよつてひろへりこがねいろののどあめ　84

自らを決すといふも鳥渡押すだけだつたのか空わたりけむ　みづからをけつすといふもちよつとおすだけだつたのかそらわたりけむ　79

水に流しましせうせうこともなく円き筒増え何をくりかへさずや　みづにながしませうせうこともなくまるきつつみえなにをくりかへさずや　80

水沸かしたこと忘れてすつと抜けてゐる時間など笑おつか　みづわかしたことわすれてすつとぬけてゐるじかんなどわらおつか　77

みてきいていひあふことの積もれるを降雪のまへ貌きらめかす　みてきいていひあふことのつもれるをかうせつのまへかほきらめかす　28

みどりごがそこのみだして御包みに死にきたばかりのかほしてら　みどりごがそこのみだしておくるみにしにきたばかりのかほしてら　52

皆と歩いてゐるだけなのに大笑ひしてる子らこら手をつなぐべし　みなとあるいてゐるだけなのにおほわらひしてるこらこらてをつなぐべし　30

みんな生きてゐて楽しいのかなつテイルランプさんざめく暗くション　みんないきてゐてたのしいのかなつているらんぷさんざめくくらくしょん　53

みんな前観ず掌の中をじつと見て歩く見ること人にまかせつ　みんなまへみずてのひらのなかをじつとみてあるくみることひとにまかせつ　63

むしろ光を迎へむとしてわが瞼鎖すさすがにながれくるいし　むしろひかりをむかへむとしてわがまぶたとざすさすがにながれくるいし　17

めつちや五月蠅いうへに無限に喋るかと思ふほど無からきた餓鬼ども　めつちやうるさいうへにむげんにしやべるかとおもふほどむからきたがきども　46

メールといふ暴力に似て未だ若きカルチャアかるき音たて着き　めーるといふぼうりよくににてまだわかきかるちやあかるきおとたててつき　44

もう二度と開けない声を思ひいづるからだたからの蔵だつたから　もうにどとひらけないこゑをおもひいづるからだたからのくらだつたから　39

目的不明犬矢のごとくわがまへに来てお手のなかその額をうづむ　もくてきふめいけんやのごとくわがまへにきておてのなかそのぬかをうづむ　22

黙読の時の心のことばなどかんがへてよ蟬のからだのから　もくどくのときのこころのことばなどかんがへてよせみのからだのから　15

森といふ湿潤の蔵からからと缶からませてここ薄き川　もりといふしつじゆんのくらからからとかんからませてここうすきかは　17

威勢よくピンと滑り出でたるはぢぢいが口にくはへし切符　ゐせいよくぴんとすべりいでたるはぢぢいがくちにくはへしきつぷ　71

指で剝くいのちのあとの魚たちの旨くなるまへ傷つきやすし　ゆびでむくいのちのあとのうをたちのうまくなるまへきづつきやすし　32

ゆふやけきれいだなー棚引く雲の影ぽつかりと抽斗のひらく音　ゆふやけきれいだなーたなびくくものかげぽつかりとひきだしのひらくおと　73

夢に出てきてくれる好きなすてきな人ねがへり陽の光のはうまで　ゆめにでてきてくれるすきなすてきなひとねがへりひのひかりのはうまで　39

湯を注ぐ途端うつはをやめてゆく硝子のわれややはらかく割れや　ゆをそそぐとたんうつはをやめてゆくがらすのわれややはらなくわれや　45

よろこんでくれるだれかを想定しするする無為の衣ぬぐふと　よろこんでくれるだれかをさうていしするするむゐのころもぬぐふと　52

母より語絶えず浴びせられてやつと、静か——赤児の translate　ははよりごたえずあびせられてやつとしづかあかごのとらんすれいと　49

薔薇の花咲いたよこここここに鶏なども二羽おもひつつ　ばらのはなさいたよこここここにはとりなどもにはおもひつつ　65

ばんばんとわが撃つ音な指先な大人だなあはれたふれてくれて　ばんばんとわがうつおとなゆびさきなおとなだなあはれたふれてくれて　74

光る宙にゐていつもいつでもホンキで生きてるこいつたちは犬　ひかるちうにゐていつもいつでもほんきでいきてるこいつたちはいぬ　16

ひさしぶりに寝たきりの祖母を動かすは骨より長き箸二本もて　ひさしぶりにねたきりのそぼをうごかすはほねよりながきはしにほんもて　12

ひとがわが声きいてゐてくれることのその後考へてくれること鳩　ひとがわがこゑきいていてくれることのそののちかんがへてくれることばと　75

ひととゐてふと同じうた口を突く何でだ廊下こゑひびかせつ　ひととゐてふとおなじうたくちをつくなんでだらうかこゑひびかせつ　62

人に未だしよくぶつといふ生きやうがありほ〜けたり鶯嬢も　ひとにまだしよくぶつといふいきやうがありほ〜けたりうぐひすぢやうも　78

人の足踏んで御免なさいといひやり場なきものを生んでしまふ　ひとのあしふんでごめんなさいといひやりばなきものをうんでしまふ　16

人ののど程の動きが青空にありさんざめく叫びをかへす　ひとののどほどのうごきがあをぞらにありさんざめくさけびをかへす　84

一人は潰し一人は箱のままお〜いお茶もつ車窓より海キラキラ〜　ひとりはつぶしひとりはこのままお〜いおちやもつしやさうよりうみきらきら〜　70

日も月も見えずとも在るこそよけれ少年の頃わが蹴りし球も　ひもつきもみえずともあるこそよけれせうねんのころわがけりしたまも　45

病床のやうなかたちを迫られて皇居の外の数万の一夜　びやうしやうのやうなかたちをせまられてくわうきよのそとのすまんのひとよ　69

不安だから鳥は囀りみづからの聞きなれし声ごゑでみたしあふ　ふあんだからとりはさへづりみづからのききなれしこゑごゑでみたしあふ　20

ふと足が蹴つてしまへる石がびゆん花束を刺し川へ落つるなり　ふとあしがけつてしまへるいしがびゆんはなたばをさしかはへおつるなり　30

ふと翳る光のうごきにうばはれて窓のむかう太陽と迅き雲　ふとかげるひかりのうごきにうばはれてまどのむかうたいやうとはやきくも　83

踏切のまへに老婆と乳母車動かざり速きものをまた見よつか　ふみきりのまへにらうばとうばぐるまうごかざりはやきものをまたみよつか　22

ふりむく煙何度も見しがうしろまへ解らず人の骨がお盆のうへ　ふりむくけむりなんどもみしがうしろまへわからずひとのほねがおぼんのうへ　13

変さ隠して生きてきたけどきみとゐるわれや聖なるものよく笑ふ　へんさかくしていきてきたけどきみとゐるわれやせいなるものよくわらふ　38

便座より立ちては落ちるちり紙は花びらやさつきまでの満開　べんざよりたちてはおちるちりがみははなびらやさつきまでのまんかい　23

暴力であるみづからに酔ふこともはぢらはず桜花光背で　ぼうりよくであるみづからにゑふこともはぢらはずさくらばなばっくで　29

歩行者通りまーすホースの水止り見守られつつ虹の下くぐる　ほかうしやとほりまーすほーすのみづとまりみまもられつつにじのしたくぐる　70

牡丹雪ほどのおもさの切手をばはるのこころをまとふ紙の上　ぼたんゆきほどのおもさのきつてをばはるのこころをまとふかみのへ　83

ぼ〜っとしてゐることつていい鬱陶しい奴らから　はなれましょ　ぼ〜っとしてゐることつていいうつたうしいやつらからはなれましょ　77

ほほゑみてなに兆すかな好きな人から愛されてゐないといふこと　ほほゑみてなにきざすかなすきなひとからあいされてゐないといふこと　75

盆踊りしようよ老婆手招きのおいでおいでのたれくははらす　ぼんをどりしようよらうばてまねきのおいでおいでのたれくははらす　76

本ギチッと書棚にありてうるさしとうるはしの差にさはりしか子も　ほんぎちっとしよだなにありてうるさしとうるはしのさにさはりしかこも　55

ほんとかなと手と目あげたり夏の空晴るるも雨数粒はぐれしか　ほんとかなとてとめあげたりなつのそらはるるもあめすふつぶはぐれしか　65

本屋で本のうへにおしりを置く少年しかりとばしてやる星の棚　ほんやでほんのうへにおしりをおくせうねんしかりとばしてやるほしのたな　36

中に星いくつか宿す球などを旅先にして七つ求めたり　なかにほしいくつかやどすたまなどをたびさきにしてななつもとめたり　71

泣きじやくり終えり怒りの顔面を世界へ光速で送るなり　なきじやくりおえりいかりのがんめんをせかいへくわうそくでおくるなり　30

亡き人をまた介護する夢みしを泡にまみれてわれ思ひ出づる　なきひとをまたかいごするゆめみしをあわにまみれてわれおもひいづる　18

なにが見えてゐるのか知れず児といふは思はず心奪る光かも　なにがみえてゐるのかしれずこといふはおもはずこころとるひかりかも　82

なにもしてゐないがゆゑに人に苛烈な人たちの光がけふも　なにもしてゐないがゆゑにひとにかれつなひとたちのひかりがけふも　59

なにものにも応へぬ人が車椅子そば走る児にいふ危ない！　なにものにもこたへぬひとがくるまいすそばはしるこにいふあぶない　82

二度となき時のはうから記憶きて宛先はつねにわれといふか　にどとなきときのはうからきおくきてあてさきはつねにわれといふか　28

人間の真似してゐたりおはやうございますお変りありませんか　にんげんのまねしてゐたりおはやうございますおかはりありませんか　72

抜いてやる炒子の首とともにきてすつぽりと固き臓器のかたち　ぬいてやるいりこのくびとともにきてすつぽりとかたきざうきのかたち　62

脱げた靴足で転がし履きおほせ美々しきかなやわうだんほだうも　ぬげたくつあしでころがしはきおほせびびしきかなやわうだんほだうも　30

ねえそこで葡萄チンして国会にゆく晴れの日のおべんたうです　ねえそこでぶだうちんしてこくくわいにゆくはれのひのおべんたうです　76

ねえ話聞いてる聴いてゐるよ続き待つてるよ夜光りあふ耳も　ねえはなしきいてるきいてゐるよつづきまつてるよよるひかりあふみみも　54

ねえ指ちゆぱやめてとママが話しかけてくれる迄がきんちよのちゆぱちゆぱ　ねえゆびちゆぱやめてとままがはなしかけてくれるまでがきんちよのちゆぱちゆぱ　66

睡りの函といふや暗くて静かなる昼の幼稚園とほりすぎ　ねむりのはこといふやくらくてしづかなるひるのえうちゑんとほりすぎ　49

眠るやうにこくりこくりと生に堪えわが犬が手の枕を起つも　ねむるやうにこくりこくりとせいにたえわがいぬがてのまくらをたつも　54

野つぱらでひつぱられつつしてゐるから何かしの字に犬からとべり　のつぱらでひつぱられつつしてゐるからなにかしのじにいぬからとべり　62

箸が転がつても笑つてゐた頃へころりと紺の箸ころがれり　はしがころがつてもわらつてゐたころへころりとこんのはしころがれり　61

バスに乗つてきてゐる蟻よこのバスは循環バスおゆびにおのり　ばすにのつてきてゐるありよこのばすはじゆんくわんばすおゆびにおのり　74

バスの揺れによろけつ老婆両替にくるも楽しもダンスのごとし　ばすのゆれによろけつらうばりやうがへにくるもたのしもだんすのごとし　35

話しかけてくれるだけで嬉しくつて手を見ても夕立と話せなさ　はなしかけてくれるだけでうれしくつててをみてもゆふだちとはなせなさ　68

話つふじな～いあんたとここにゐてここにゐていいかなかなかなも　はなしつふじな～いあんたとここにゐてここにゐていいかなかなかなも　77

話すことすべて信じてくれる児に鏡の向かうわれらもう一人　はなすことすべてしんじてくれるこにかがみのむかうわれらもうひとり　38

花の最も集まるところ渠それ迄は宙に暫く存る揺らめきや　はなのもつともあつまるところきよそれまではちうにしばらくあるゆらめきや　23

母がむかし履いてゐた靴家の先にどうぞとぞあり江ノ島への道　はははがむかしはいてゐたくついへのさきにどうぞとぞありえのしまへのみち　71

母とした会話おそらくくりかへしてゐるのだらう駅の少年　ははとしたくわいわおそらくくりかへしてゐるのだらうえきのせうねん　29

母に添ふあねの肩いもうとの肩竈かなスマートフォンのまへで　ははにそふあねのかたいもうとのかたかまどかなすまーとふぉんのまへで　47

母の声夢ではするを息子らに言ひしが生々しきその脳　はははのこゑゆめではするをむすこらにいひしがなまなましきそのなう　22

はははは か　人の言葉の間違へがだうしても気になるといふこと　はははははかひとのことばのまちがへがだうしてもきになるといふこと　55

母は母にわれに変られ生まれしよしよしよの花この日と見つむ　ははははにわれにかへられうまれしよしよしよのはなこのひとみつむ　29

祖母の名を家具その他あるかの室にかけたりたらちねのおきどころ　そぼのなをかぐそのたあるかのへやにかけたりたらちねのおきどころ　36

空から水降るとすずしいぴつたりと夏のひと薄くちひさな服　そらからみづふるとすずしいぴつたりとなつのひとうすくちひさなふく　33

それ既に読んだとメカに言はれたりあわれよりも先に彼の人へと　それすでによんだとめかにいはれたりあわれよりもさきにかのひとへと　53

だいすきとかはいいこゑが漏れ聞え声の方かしを見る女の子　だいすきとかはいいこゑがもれきこえこゑのはうかしをみるをんなのこ　72

太陽から離れてふる雪きみとわがねせうべん孤をゑがきあふかな　たいやうからかれてふるゆききみとわがねせうべんこをゑがきあふかな　39

たえてこぬ祖母への手紙この人が書きしものいづこへと雪鹿　たえてこぬそぼへのてがみこのひとがかきしものいづこへとゆきしか　27

瀧壺にわれら落ちあゆ岩われずうがつのみづのかさささうかな　たきつぼにわれらおちあゆいはわれずうがつのみづのかさささうかな　78

達観からリアルへ蛙跳をする児を見るはカメラらに任せつつ　たつくわんからりあるへかへるとびをするこをみるはかめららにまかせつつ　20

たましひの背中へのゆき昆虫の重心くるひ脚うごくなり　たましひのせなかへのゆきこんちゆうのぢゆうしんくるひあしうごくなり　28

だれになに言はれてもてふ心境に近づきぬぎぬ干しに出たりし　だれになにいはれてもてふしんきやうにちかづきぬぎぬほしにでたりし　81

父はいいよといふのみ空は言はなくつて眩しき眼もて吾を見ず　ちちはいいよといふのみそらはいはなくつてまぶしきまなこもてわれをみず　22

父はとほくでいいねを押してくれたまふのみのものでいいいいねなきかな　ちちはとほくでいいねをおしてくれたまふのみのものでいいいいねなきかな　17

小さく前へ倣へ　刃のやうにだし笑　少年のお臀も割れし　ちひさくまへへならへやいばのやうにだしわらひせうねんのおしりもわれし　20

中古にて購ひしげに懐かしき貯金箱が他人行儀にしづか　ちゆうこにてあがなひしげになつかしきちよきんばこがたにんぎやうぎにしづか　51

ちゆうもくをあびるその前鳩一羽頭上掠めてゆがみをるわれよ　ちゆうもくをあびるそのまへはといちはづじやうかすめてゆがみをるわれよ　23

つねにつねに己の場所を告げてくる便所ありあちこちの駅にて　つねにつねにおのれのばしよをつげてくるべんじよありあちこちのえきにて　66

常に話しかけられてゐる電車にてそのうち英語など添へられつ　つねにはなしかけられてゐるでんしやにてそのうちえいごなどそへられつ　68

唾もてわれらはいやす売買の互ひ隔てるビニルに日が当る　つばきもてわれらはいやすばいばいのたがひへだてるびにるにひがあたる　71

辛いときわたしを護つてくれるのはたましひどんでん返しの鏡　つらいときわたしをまもつてくれるのはたましひどんでんがへしのかがみ　47

テッパウユリ花弁丸ごと落ちて蕊ふたりきり心強い恥づかしさ　てっぱうゆりくわべんまるごとおちてしべふたりきりこころづよいはづかしさ　75

透明な空の箱もちしばらくをひとらゆくゆきにこゑはりあげて　とうめいなからのはこもちしばらくをひとらゆくゆきにこゑはりあげて　56

時ごとに色々な玉消させられわれらの貌の照らされやすき　ときごとにいろいろなたまけさせられわれらのかほのてらされやすき　47

どぜう見てはしやぐ和服のしとやかな人と目があふ店先の函　どぜうみてはしやぐわふくのしとやかなひととめがあふみせさきのはこ　80

突如少女が小水のごとしやがみつつ何をするゆつくりと地に唾　とつじよせうじよがせうすいのごとしやがみつつなにをするゆつくりとちにつば　49

ドブネズミのとげとげの毛が日に当る一瞬　側溝の　ぽちやん！　どぶねずみのとげとげのけにひがあたるいつしゆんそくこうのぽちやん　71

飛ぶ飛蝗みとどけゐしが向うから来るバイク乗り爺に当りき　とぶばつたみとどけゐしがむかうからくるばいくのりぢぢいにあたりき　18

とほくからみれば磔刑キリストも丘のうへなにかつどふひとら　とほくからみればたくけいきりすともおかのうへなにかつどふひとら　15

鳥だけが高きところで糞するを吾亦紅白色のくわうきよ　とりだけがたかきところでくそするをわれもかうはくしよくのくわうきよ　39

蜻蛉去る時のゆつくり人に近づかれたししやうがなし飛翔　とんぼさるときのゆつくりひとにちかづかれたししやうがなしひしやう　18

死からのち思ひだすこと纔かわづかなかみくづゆ溢れてくるよ　しからのちおもひだすことわづかわづかなかみくづゆあふれてくるよ　19

死期近き人のどうでもよくつての寝返りはいへよりもいいねえ　しきちかきひとのどうでもよくつてのねがへりはいへよりもいいねえ　21

死後死者の暫し澄む耳見つめられ思つてないことを言つちまふ　しごししやのしばしすむみみつめられおもつてないことをいつちまふ　50

死にたいと死ねの縒れあふわが生のほどけて耳を掘る漏れし声か　しにたいとしねのよれあふわがせいのほどけてみみをほるもれしこゑか　75

死の後も夢にあらはれ喋つたり歩いたりしてよかつたね　しののちもゆめにあらはれしやべつたりあるいたりしてよかつたね　24

死は神輿レイルにて棺はうごき手から先だれも歩けぬ距離　しはみこしれいるにてひつぎはうごきてからさきだれもあるけぬきより　12

じぶんしかこんな愛してゐないんぢやんかつてものこそ愛に価する　じぶんしかこんなあいしてゐないんぢやんかつてものこそあいにあたひする　48

シャイなあなたの椎の香を嗅ぐと輝くトリップしたやうなかほ　しゃいなあなたのしひのかをかぐとかがやくとりっぷしたやうなかほ　66

尻ポケットよりする御声結崎さあんそこから口やら耳とほきかな　しりぽけっとよりするみこゑゆふきさあんそこからくちやらみみとほきかな　23

信じられぬほど小さきおばあちやん見て夢にも見て夕ぐれず　しんじられぬほどちひさきおばあちやんみてゆめにもみてゆふぐれず　21

死んでんのかなつて犬を見る息よとほつてくれ静か寝てゐるよ　しんでんのかなつていぬをみるいきよとほつてくれしづかねてゐるよ　51

好きな人と食べるコンビニ弁当の容器ぴたりとかさなりて飛ぶ　すきなひととたべるこんびにべんたうのようきぴたりとかさなりてとぶ　45

好きな人のまへでじぶんらしくあれないといふこと　すきなひとのまへでじぶんらしくあれないといふこと　83

好きな人の絵の声変るキャラクター生き生きさせてくれた者の逝き　すきなひとのゑのこゑかはるきゃらくたーいきいきさせてくれたもののいき　48

鋭く変なわたしが君に伝はつてしまつたな何も無い掌　するどくへんなわたしがきみにつたはつてしまつたななにもないたなごころ　29

すれちがひざまこんばんはあと声かけてくれたる老婆芍薬の丈　すれちがひざまこんばんはあとこゑかけてくれたるらうばしやくやくのたけ　73

青光に奇妙なオトコ浮かびたりたれもさはれず声かけもせず　せいくわうにきめうなおとこうかびたりたれもさはれずこゑかけもせず　14

正当なわけさへあれば排除りたき虎視眈々の目を指でササーッ　せいたうなわけさへあればりむりたきこしたんたんのめをゆびでささーっ　53

少年の群れに入るとき金属と麦茶のなかで氷が鳴るも　せうねんのむれにいるとききんぞくとむぎちやのなかでこほりがなるも　33

少年はおしやぶ林檎の凹みにとほく挿しこむ母語もたぬところ　せうねんはおしやぶりんごのへこみにとほくさしこむぼごもたぬところ　19

世界終りしあとか閑かな珈琲店主の寝息ただよつてくるまで　せかいおはりしあとかしづかなこーひーてんしゆのねいきただよつてくるまで　63

世界で最もありふれた貌観音の善きことをするまへの表情　せかいでもつともありふれたかほくわんおんのよきことをするまへのへうじやう　35

蟬に耳、あるよ　腹にね　死のまへのはばたき　forte subito piano　せみにみみあるよはらにねしのまへのはばたきふぉるてすびーとぴあの　16

そこだけ陽当る岩肌飛びすさりおもはず触れり温涼の境　そこだけひあたるいははだとびすさりおもはずふれりをんれやうのきやう　35

そこにわが心歩いてゐるのかと目守りゐるのみ程々にして　そこにわがこころあるいてゐるのかとまもりゐるのみほどほどにして　83

ソーダみたいに泡ついてるよ四〇度浴場にこゑころさぬこら　そーだみたいにあわついてるよんじふどよくぢやうにこゑころさぬこら　67

その先に犬ゐることを感じつつ戸にキイさせり日もとうの先　そのさきにいぬゐることをかんじつつとにきいさせりひもとうのさき　63

その話聞いたと言はれわれわれは言はれた言葉積むうつはかな　そのはなしきいたといはれわれわれはいはれたことばつむうつはかな　55

その人にまた呼ばれたきわれとわが名よ飛んでゆけ飛んでゆけ　そのひとにまたよばれたきわれとわがなよとんでゆけとんでゆけ　64

ここ数日死を待つのみの虫見しを潮時もしお退きつて払つたら　ここすふじつしをまつのみのむしみしをしほどきもしおどきつてはらつたら　73

ここに坐つてゐてもいいのといふ母にバスの座席ごしにいふいいのよ　ここにすはつてゐてもいいのといふはははにばすのざせきごしにいふいいのよ　80

こころあらたにし綺麗ね巻き髪のなかまで不躾に入りたまふ　こころあらたにしきれいねまきがみのなかまでぶしつけにはひりたまふ　13

心折れさうなとき見る空の星ふれあはず真つ直ぐなちひささや　こころおれさうなときみるそらのほしふれあはずまつすぐなちひささや　23

心此処まで鳴らず鈴生りひたひたと直向なひたひ見せてくれて　こころここまでならずすずなりひたひたとひたむきなひたひみせてくれて　38

こころつて弱　くりかへすあの時あああああしてあげられなかつたこと　こころつてよわくりかへすあのときあああああしてあげられなかつたこと　14

心奪らるることあるの善しわが祖母が心飛ぶ彼の児こそ見ず知らず　こころとらるることあるのよしわがそぼがこころとぶかのここそみずしらず　82

こころ翻せ臍から鼠径まで弧をゑがきいくつある君の孔　こころひるがへせへそからそけいまでこをゑがきいくつあるきみのあな　39

古代人つかれを知るやつかれたと思ふほどつきものは離れしや　こだいじんつかれをしるやつかれたとおもふほどつきものははなれしや　48

こつそりとこちらを覗き消えてゆく尻洗浄機首かしげたり　こつそりとこちらをのぞききえてゆくしりせんじやうきくびかしげたり　67

こつちへ行くこつちへ行くと泣く子が　母の　手を何も無き処へ引き　こつちへいくこつちへいくとなくこがはのてをなにもなきところへひき　67

子供だからつて遊んでくれた人思ひださうとして生きてゐるよ　こどもだからつてあそんでくれたひとおもひださうとしていきてゐるよ　55

この一度限り互ひのはじめての人と時いいお天気ですね！　このいちどかぎりたがひのはじめてのひとときいいおてんきですね　65

この恋をとげとげあはれ仙人掌の黄なるひとはないささか陽気　このこひをとげとげあはれさぼてんのきなるひとはないささかやうき　37

この布きれ見て瞬く間己が着る様おもふこのばかをとめつて　このぬのきれみてまたたくまおのがきるさまおもふこのばかをとめつて　33

この人とゐるときのわれ少しちがふ剛くんの声にややつられつつ　このひとゝゐるときのわれすこしちがふがうくんのこゑにややつられつつ　61

児は声とともに生まれきさはがしき世をなにものも隔てず聞きて　こはこゑとともにうまれきさはがしきよをなにものもへだてずききて　46

こひびとのこゑこころ振るりんかくから変に桜なら散るのか　こひびとのこゑこころふるりんかくからへんにさくらならちるのか　29

恋人の貌はりつめて音発すごとしいつておいでおいで　こひびとのかほはりつめておとはつすごとしいつておいでおいで　31

恋人よ～などと口突きそののちの歌詞忘れしばらくの　そばにゐて　こひびとよ～などとくちつきそののちのかしわすれしばらくのそばにゐて　68

珈琲を静かに置くやすみませんといはれてしまふかぼそき声で　こーひーをしづかにおくやすみませんといはれてしまふかぼそきこゑで　64

子らがわらひながら死者やら生者らのゐる部屋に入る静まりや　こらがわらひながらししやらせいじやらのゐるへやにいるしづまりや　36

こら　と抱き止められたる走り回る子よ人らゆき車くる道に月　こらとだきとめられたるはしりまはるこよひとらゆきくるまくるみちにつき　79

コンタクトレンズ陰部にはりつきて視られをり然うと識られるまで　こんたくとれんずいんぶにはりつきてみられをりさうとしられるまで　50

こんなにもちかづいてゐた静寂に静粛に誓詞ゆく神の域　こんなにもちかづいてゐたせいじやくにせいしゆくにせいしゆくかみのゐき　68

最近ハマつてゐること読者カード出すことり一頁よりちひさき　さいきんはまつてゐることどくしやかーどだすことりいちぺーじよりちひさき　47

さしのべる両手のなかに籠がきて売買に日々の声交はすかな　さしのべるりやうてのなかにかごがきてばいばいにひびのこゑかはすかな　72

去りゆく車に力の限りバイバイとバイバイとバイク過るまで子が　さりゆくくるまにちからのかぎりばいばいとばいばいとばいくよぎるまでこが　79

笊のうへに夏茄子の汗木下陰すずしきひとの手へすべるかな　ざるのうへになつなすのあせこしたかげすずしきひとのてへすべるかな　70

樹々に雪ただそこにのみゐることの踏みしだかるることなき眉も　きぎにゆきただそこにのみゐることのふみしだかるることなきまゆも　79
木と紐のあるはきもののうへにゐて夏の川酒量よりも少なし　きとひものあるはきもののうへにゐてなつのかはしゆりやうよりもすくなし　17
気にすん鯰なるもの描きて送りたり薄き板かの掌のうへふるふ　きにすんなまづなるものかきておくりたりうすきいたかのてのうへふるふ　14
樹に登ると保母さんがついてゐてくれて紅の帽桃に近づく　きにのぼるとほぼさんがついてゐてくれてくれなゐのぼうももにちかづく　20
きみが元気な姿でわれを乗せくれし車も光る夢の冷たさ　きみがげんきなすがたでわれをのせくれしくるまもひかるゆめのつめたさ　82
きみが見てゐてくれるからつてことも曇りやすきよわたしの眼　きみがみてゐてくれるからつてこともくもりやすきよわたしのまなこ　61
きみがゐて初めてわたしらしくあるたとふれば二つの穴が真向ふ　きみがゐてはじめてわたしらしくあるたとふればふたつのあながまむかふ　38
きみがゐるからできること勝手なり孤りと言ひ出ていつてしまふの　きみがゐるからできることかつてなりひとりといひでていつてしまふの　32
きみとわがあはひにたてよ濃き薄ききらめきやすき大気の束　きみとわがあはひにたてよこきうすききらめきやすきたいきのたば　78
きよらかにかわく音せり朝まだき雨ふりの末だおもはれにきび　きよらかにかわくおとせりあさまだきあめふりのまだおもはれにきび　54
きみを雲のやうな人と言ひたるは福島泰樹　師と聞きし訃音　きみをくものやうなひとといひたるはふくしまやすきしときしふいん　60
嫌はれてゐるなあわたしこの人にしかし怖がらせてゐないかな　きらはれてゐるなあわたしこのひとにしかしこはがらせてゐないかな　81
綺麗に蟹食べたのだれだあ沢に殻ぷかぷかと死は舟つくりけり　きれいにかにたべたのだれだあさはにからぷかぷかとしはふねつくりけり　74
草つて凄異る生え様びつしりとゐることの暴力のやはらかさ　くさつてすごことなるはえやうびつしりとゐることのぼうりよくのやはらかさ　69
糞どうでもいいやあんたの言動からこんなにもげぼ輝く食卓　くそどうでもいいやあんたのげんどうからこんなにもげぼかがやくしよくたく　77
口移しするときふれる顎の骨とりかへることまづできないか　くちうつしするときふれるあごのほねとりかへることまづできないか　80
蜘蛛の巣の蜘蛛の生みて時間とよ時間とよてふ父母に言はれき　くものすのくものせいみてじかんとよじかんとよてふふぼにいはれき　74
雲のやうな人死ぬなよな君の中より雷発せりしを時のまだ　くものやうなひとしぬなよなきみのなかよりらいはつせりしをどきのまだ　65
雲のやうな人と称ばれて　長身の　いがぐり頭撫でにきたぞ　くものやうなひととよばれてちやうしんのいがぐりあたまなでにきたぞ　60
雲のやうな人と称ばれて喜んでゐたな凍てつく室でわれら会ふ　くものやうなひととよばれてよろこんでゐたないてつくへやでわれらあふ　60
雲を見てもきみは思はずわが耳のあたりに胸があつたこと　くもをみてもきみはおもはずわがみみのあたりにむねがあつたこと　61
暗く狭き室に呑みこむ穴あるところこはいといふ祖母ともなふ　くらくせまきへやにのみこむあなあるところこはいといふそぼともなふ　32
光速で届く罵倒を見届ける指さばきそんなのだだめだよ　くわうそくでとどくばたうをみとどけるゆびさばきそんなのだだめだよ　15
毛のあひは血まみれ蜂や腫れみせてしたたる巣嚙みエッ？となる熊よ　けのあひはちまみれはちやはれみせてしたたるすかみえっとなるくまよ　20
けふなにが起るかワクワク職場来てなにもなかつたねがおこつた　けふなにがおこるかわくわくしよくばきてなにもなかつたねがおこつた　72
けふはこんなことがありしといふ人の切なく若き声とほきかな　けふはこんなことがありしといふひとのせつなくわかきこゑとほきかな　48
献金の老婆らうたひながら来て光つたりすきとほる空の函　けんきんのらうばらうたひながらきてひかつたりすきとほるからのはこ　44
後架へと横切るたびにその部屋はわが嬉々としてありしと気づくよ　こうかへとよこぎるたびにそのへやはわがききとしてありしときづくよ　54
子がトコトコと歩きふりかへりだあれもゐず電柱がゐてやつた　こがとことことあるきふりかへりだあれもゐずでんちゆうがゐてやつた　16

うんうんと頷く首も凍るべきああ君のはい聞いたことなし　うんうんとうなづくくびもこほるべきああきみのはいきいたことなし　61

駅の端母はなにかを吸ひにゆく快く速く二本消したまふ　えきのはしははなにかをすひにゆくこころよくはやくにほんけしたまふ　19

老いたおほ母が母思ふもふもふの毛布も薄く擦りきれたてふ　おいたおほははがははもふもふもふのもうふもうすくすりきれたてふ　28

老いはであること生きたした息した逝きもせず今ここにゐるのよ　おいはであることいきたしたいきしたいきもせずいまここにゐるのよ　12

丘にこゑあがりて人とふりかへる子らが見守りゐる大水青　おかにこゑあがりてひととふりかへるこらがみまもりゐるおほみづあを　37

御言葉の出来なくなるまで延命し朽ち果ててただそこにゐてみてよ　おことばのできなくなるまでえんめいしくちはててただそこにゐてみてよ　21

おしりつて大事緊急停車して幼児ころびぬいとやはらかく　おしりつてだいじきんきふていしやしてえうじころびぬいとやはらかく　36

おそらくは出しやすいのかも一音の大母の声オルガンのごとし　おそらくはだしやすいのかもいちおんのおほははのこゑおるがんのごとし　12

おぢいさんの方より甘き香りするバス着て飴を噛み砕く音　おぢいさんのはうよりあまきかをりするばすきてあめをかみくだくおと　63

落葉初めて蒐めきし日の清しさにやうやく校門などよく見しか　おちばはじめてあつめきしひのすがしさにやうやくかうもんなどよくみしか　53

お父さんとお母さんが仲良くしてくれますように短冊見ゆる靡かず　おとうさんとおかあさんがなかよくしてくれますようにたんざくみゆるなびかず　35

音なくまはる世界しづやかなり旅をして禱るつとめの人　おとなくまはるせかいしづやかなりたびをしていのるつとめのひと　11

音をたてずに着てゐる私信死んでなど返信で震動することば　おとをたてずにきてゐるししんしんでなどへんしんでしんどうすることば　14

己より大きなものがしたがつて従つてした勝手したかつて　おのれよりおほきなものがしたがつてしたがつてしたかつてしたかつて　37

御婆ちやん我忘れつつ踊りたり人よりも然うと解るよう　おばあちやんわれわすれつつをどりたりひとよりもさうとわかるよう　55

おはよ鰻丼すすりつつ背の宙に浮いてゐる薄き地震映すもの　おはようなぎどんすすりつつせのちうにういてゐるうすきなゐうつすもの　12

お盆より手から手へ卓へわたりゆく麦酒の罎のうるはしさかな　おぼんよりてからてへたくへわたりゆくびーるのびんのうるはしさかな　36

階段をのぼりおりするわが心人のかたちはまづとるまいぞ　かいだんをのぼりおりするわがこころひとのかたちはまづとるまいぞ　30

かうしてゐるとかに刺されないよかにさん!?足踏みをする母と蟹娘　かうしてゐるとかにさされないよかにさんあしぶみをするははとかにむすめ　15

駈けてくる犬を抱きあげ軽くなつてゐること高いたかいで知りきす　かけてくるいぬをだきあげかるくなつてゐることたかいたかいでしりきす　22

風にめくれる電子書籍の消えたりし現れたりする頁の音楽　かぜにめくれるでんししよせきのきえたりしあらはれたりするぺーじのむじか　44

風邪ひきて風邪ひかぬわれから解かれこんこんと毛布かさねて眠る　かぜひきてかぜひかぬわれからとかれこんこんともうふかさねてねむる　13

肩車してやる夢をわれは幹ほそかりけりな雲までとどけ　かたぐるましてやるゆめをわれはみきほそかりけりなくもまでとどけ　64

カナヘビの川への落下躊躇なし地面ぎらぎら脈うたたせて　かなへびのかはへのらつかちうちよなしぢめんぎらぎらみやくうたたせて　69

顔ちつちやばばあのごときもの見えて嬉しさうお車に孤りきり　かほちつちやばばあのごときものみえてうれしさうおくるまにひとりきり　52

カマキリの翠精巧歩いたり食べたり葉つぱよりするからかも　かまきりのみどりせいかうあるいたりたべたりはつぱよりするからかも　18

神はうへなのかかつてかそのかみはわたしてわたしされ母の上　かみはうへなのかかつてかそのかみはわたしてわたしされははのうへ　46

空の牛乳パックに要冷蔵とあるから冷蔵庫にあつたんだな　からのぎうにゆうぱっくにえうれいざうとあるかられいざうこにあつたんだな　49

顔面の潰れしひとを夢に見したぶんすれ違ひしあの人とおもふ　がんめんのつぶれしひとをゆめにみしたぶんすれちがひしあのひととおもふ　21

息しないものにマスクをつけさせて戸の向かう秘仏のせき　いきしないものにますくをつけさせてとのむかうかくしぼとけのせき　68
生きてある気配消えたり花々のふいにどつさりあるかの部屋にも　いきてあるけはいきえたりはなばなのふいにどつさりあるかのへやにも　54
生きてあるなら変りあふふたりかなしみが色々を思はする　いきてあるならかはりあふふたりかなしみがいろいろをおもはする　40
生きて最も見るものはわれそれも像で動かせいつでも目を逸らしうる　いきてもつともみるものはわれそれもざうでうごかせいつでもめをそらしうる　35
生きるつて大変生きてるつて変生ききつてなんかかほ変つたか　いきるつてたいへんいきてるつてへんいききつてなんかかほかはつたか　73
生きてゐると急に死ぬから空曇りつつ手を皿にして傘にしてけよ　いきてゐるときふにしぬからそらくもりつつてをさらにしてかさにしてけよ　13
意志尊重といへ医師言はざりゐしずるずると啜る他人のそば　いしそんちようといへいしいはざりゐしずるずるとすするたにんのそば　21
いちばん陽当るところが物凄き速さで動き触れてみたりけり　いちばんひあたるところがものすごきはやさでうごきふれてみたりけり　34
いつ死ぬか解らぬものと生きゐつつ勝手口など出てゆきやすし　いつしぬかわからぬものといきゐつつかつてぐちなどでてゆきやすし　34
いつも笑顔でゐるその人は重力のにもかかはらずわれ関はらす　いつもゑがほでゐるそのひとはぢゆうりよくのにもかかはらずわれかかはらす　72
いつよりかありきみからの香しきつぶての梨をわれは喰ふかな　いつよりかありきみからのかぐはしきつぶてのなしをわれはくふかな　76
犬が歩いてゐるだけ幸せ犬といふ声漏れけんけんぱつしてしまふ　いぬがあるいてゐるだけしあはせけんといふこゑもれけんけんぱつしてしまふ　33
犬にいいのッと言つてあたしつたら言葉なあんて信じてゐるのか　いぬにいいのっといつてあたしつたらことばなあんてしんじてゐるのか　74
犬の息はやくて浅し人といふ深く呼吸をするものがそふ　いぬのいきはやくてあさしひとといふふかくこきふをするものがそふ　34
犬はニヤついたりせず愛してゐる等々聞きながし幸せさう　いぬはにやついたりせずあいしゐてるとうとうききながししあはせさう　17
命全く瞬くまにてひるがへれかわくゆゑ宙をゆきたる衣　いのちまつたくまたたくまにてひるがへれかわくゆゑちうをゆきたるきぬ　13
岩湯にてそをみしゆゑにはしやぎしがわれ楚々として蟹歩みせり　いはゆにてそをみしゆゑにはしやぎしがわれそそとしてかにあゆみせり　67
言はれてぶち切れて一日二日してなほ収まらぬ光をかへす　いはれてぶちぎれていちにちふつかしてなほおさまらぬひかりをかへす　64
いまのやうに愛するのができなくなることを思ひながら生きよ　いまのやうにあいするのができなくなることをおもひながらいきよ　15
嫌な厭ないはれた言葉いやぢやなくなる迄ひとに掃き捨てしかも　いやないやないはれたことばいやぢやなくなるまでひとにはきすてしかも　53
いりこだし煮れば二階もしばらくは魚の生粉となつて香し　いりこだしにればにかいもしばらくはうをのせいこなとなつてかぐはし　62
韻律はこころを唆すかすなわたしのおもいにもつにもかしな　いんりつはこころをそそのかすかすなわたしのおもいにもつにもかしな　82
薄き板けはしきかほで連打するひとらみち暗き道にぎはふよ　うすきいたけはしきかほでれんだするひとらみちくらきみちにぎはふよ　63
薄き川とりどりの岩にとどこほり毬栗もありなにかとおもふ　うすきかはとりどりのいはにとどこほりいがぐりもありなにかとおもふ　18
腕から脇枝が刺さつてゐるごとしわれ刺し木へ還る雀蜂　うでからわきえだがささつてゐるごとしわれさしきへかへるすずめばち　73
腕のない人とふたりすれちがふ夏なり海近き町のうで　うでのないひととふたりすれちがふなつなりうみちかきまちのうで　65
生まれてから言葉なげこまれてやつと可燃不可燃などおぼえしか　うまれてからことばなげこまれてやつとかねんふかねんなどおぼえしか　45
生まれて何日なのよつて赤ん坊くるまれて神社など見なさんな　うまれてなんにちなのよつてあかんばうくるまれてじんじやなどみなさんな　16
海がやつと孤りになる岸飛び散つてあられなき夏の腿飾るかな　うみがやつとひとりになるきしとびちつてあられなきなつのももかざるかな　51

ああ見える汝れとわが唾よく透けて光れる壁に霧吹きかけて　ああみえるなれとわがつばよくすけてひかれるかべにきりふきかけて　69

愛してゐるといふ鈴ろなる声がいまここに響かずあつたつけか　あいしてゐるといふすずろなるこゑがいまここにひびかずあつたつけか　38

愛するものに寄せゆくわれや我々やあはれ割れ目に入る消屑も　あいするものによせゆくわれやわれわれやあはれわれめにいるけしくづも　37

愛はあらぬこと思ひあふ懼れから逸れて縒れああ在らしめなはは　あいはあらぬことおもひあふおそれからそれてよれああらしめなはは　50

愛は無様なところに宿り木の影で輝くごとくかがむわが人　あいはぶざまなところにやどりきのかげでかがやくごとくかがむわがひと　78

あかんばう遍きものを乳房かとおもふらむ唾あふるるくち　あかんばうあまねきものをちぶさかとおもふらむつばきあふるるくち　80

あかんばうといふ宝庫に放りこむ言葉おりなすかなしみもあれど　あかんばうといふほうこにはふりこむことばおりなすかなしみもあれど　51

赤ん坊泣きじやくりつつゆつくりとことばの精度上げて乳飲む　あかんばうなきじやくりつつゆつくりとことばのせいどあげてちちのむ　19

朝ね惚け眼五徳のうへにあり炎えあがりゐる鍋がありあはれ　あさねぼけまなこごとくのうへにありもえあがりゐるなべがありあはれ　76

朝風呂にどこやら赤子のむせび泣く声とどきどきりむねからした　あさぶろにどこやらあかごのむせびなくこゑとどきどきりむねからした　34

あざらかに毒色の海はよ死なんかなとおもはれわれあらう故　あざらかにどくいろのうみはよしなんかなとおもはれわれあらうゆゑ　51

汗を拭くタオルのごときものみえて青空のあーそーゆーことね　あせをふくたおるのごときものみえてあをぞらのあーそーゆーことね　70

あたしでいいのだつて教へてクレタ島地震のことはそつと置いて　あたしでいいのだつておしへてくれたたうぢしんのことはそつとおいて　31

あっ昼間からあんなことして高層ビルから落つこつたやうな音　あっひるまからあんなことしてこうさうびるからおつこつたやうなおと　66

あなたいまどこいづこからラインきて聞きだせずここ此処にゐるよ　あなたいまどこいづこかららいんきてききだせずここここにゐるよ　50

あなただれといはれ電話を切られつつ札束のごとよく光る川よ　あなただれといはれでんわをきられつつさつたばのごとよくひかるかはよ　45

あなたとの電話しばしば黙りがち耳元から噴きだしてくる声　あなたとのでんわしばしばだまりがちみみもとからふきだしてくるこゑ　31

あのひとと歩きかたからわかられてわれありあなたとともに　あのひととあるきかたからわかられてわれありあなたとともに　66

あはれ坊主が上手に描きし屏風など賞玩飛ばしあふふたりかな　あはればうずがぢやうずにかきしびやうぶなどしやうぐわんとばしあふふたりかな　81

あふむけの癌さらしの熟睡の犬のさうしあはせさう然うなのかな　あふむけのがんさらしのじゆくすいのいぬのさうしあはせさうさうなのかな　46

雨のあとの舗道隣の小林にたまれる水が降る　つきあひで　あめのあとのほだうとなりのをばやしにたまれるみづがふるつきあひで　34

あらかじめいくらか入つてゐるであらうその筈美しき迄青い空　あらかじめいくらかはひつてゐるであらうそのはずうつくしきまであをいそら　43

蟻たかる虫を紙もてつつみたりたちまち蟻世界白い襞　ありたかるむしをかみもてつつみたりたちまちありせかいしろいひだ　33

歩きながら君が何かを思ひだしさうしてゐるすつと抜ける時間　あるきながらきみがなにかをおもひだしさうしてゐるすつとぬけるじかん　14

歩く蟬壁に見てゐて逝きやすき季節よほのぼのと昇るべし　あるくせみかべにみてゐていきやすききせつよほのぼのとのぼるべし　52

あれなんだつたんだらうそのまま伏してあれ解らぬ川面上げるまで　あれなんだつたんだらうそのままふしてあれわからぬかはおもあげるまで　81

安置所にきみは肩まで出されゐて凍りてをりな雲のやうなひと　あんちじよにきみはかたまでだされゐてこほりてをりなくものやうなひと　60

いいなつて思つたことば使ひあふ教室がけふもきやうきらんぶ　いいなつておもつたことばつかひあふけふしつがけふもきやうきらんぶ　49

イエスに日本語を教へるといふ老婆もうだいぶ解るやうになりました　いえすににほんごをおしへるといふらうばもうだいぶわかるやうになりました　48

全首索引全訓

路にきらりと光りたるもの駆け寄つて拾へり黄金色ののど飴

人ののど程の動きが青空にありさんざめく叫びをかへす

全き声いくたに越えてなく雲をつばさはくぐれわれは山彦

幸福な王子　畢

ふと翳る光のうごきにうばはれて窓のむかう太陽と迅き雲

好きな人のまへでじぶんらしくあれないといふこと

そこにわが心歩いてゐるのかと目守りゐるのみ程々にして

真心もてわれにふれくるかの人を信じてをひかなやむあめの空

牡丹雪ほどのおもさの切手をばはるのこころをまとふ紙の上

なにものにも応へぬ人が車椅子そば走る児にいふ危ない！

心奪（と）らるることあるの善しわが祖母が心飛ぶ彼（か）の児こそ見ず知らず

なにが見えてゐるのか知れず児といふは思はず心奪（と）る光かも

韻律はこころを唆すかすなわたしのおもいにもつにもかしな

きみが元気な姿でわれを乗せくれし車も光る夢の冷たさ

われに似る人と会ひしといふことを伝ふ全くこの光つたら

あはれ坊主が上手に描きし屛風など賞玩飛ばしあふふたりかな

嫌はれてゐるなあわたしこの人にしかし怖がらせてゐないかな

だれになに言はれてもてふ心境に近づきぬぎぬ干しに出たりし

あれなんだつたんだらうそのまま伏してあれ解らぬ川面上げるまで

ここに坐つてゐてもいいのといふ母にバスの座席ごしにいふいいのよ

あかんばう遍(あまね)きものを乳房かとおもふらむ唾(つばき)あふるるくち

口移しするときふれる顎の骨とりかへることまづできないか

どぜう見てはしやぐ和服のしとやかな人と目があふ店先の函

水に流しましせうせうこともなく円き筒増え何をくりかへさずや

立派な木生えてゐるのに光る眼にこんなにもここにからしてゐたこと

樹々に雪ただそこにのみゐることの踏みしだかるることなき眉も

こら　と抱き止められたる走り回る子よ人らゆき車くる道に月

去りゆく車に力の限りバイバイとバイバイとバイク過るまで子が

自らを決すといふも鳥渡押すだけだつたのか空わたりけむ

きみとわがあはひにたてよ濃き薄ききらめきやすき大気の束

瀧壺にわれら落ちあゆ岩われずうがつのみづのかさささうかな

われはいと高きところで真綿もてぬぐふ輝(て)り敷く滴する空

愛は無様なところに宿り木の影で輝くごとくかがむわが人

人に未だしよくぶつといふ生きやうがありほ〜けたり鶯嬢も

水沸かしたこと忘れてすつと抜けてゐる時間など笑おつか

わからないのよとふ祖母の声聞ゆののしるなかれその脳の野を

話つふじな〜いあんたとここにゐてここにゐていいかなかなかなも

ぼ〜っとしてゐることつていい鬱陶しい奴らから　はなれましょ

糞どうでもいいやあんたの言動からこんなにもげぼ輝く食卓

ねえそこで葡萄チンして国会にゆく晴れの日のおべんたうです

祭りばやし絶えて聞くなし十月に神となりに恐ろしくないか

いつよりかありきみからの香しきつぶての梨をわれは喰ふかな

盆踊りしようよ老婆手招きのおいでおいでのたれくははらす

朝ね惚(ぼ)け眼(まなこ)五徳のうへにあり炎えあがりゐる鍋がありあはれ

わからないのよ　祖母言ふ声の稍聞ゆ　全きこゑきこゆべし

ひとがわが声きいてゐてくれることのその後考へてくれること鳩

死にたいと死ねの縒れあふわが生のほどけて耳を掘る漏れし声か

テッパウユリ花弁丸ごと落ちて蕊ふたりきり心強い恥づかしさ

ほほゑみてなに兆すかな好きな人から愛されてゐないといふこと

バスに乗つてきてゐる蟻よこのバスは循環バスおゆびにおのり

ばんばんとわが撃つ音な指先な大人だなあはれたふれてくれて

綺麗に蟹食べたのだれだあ沢に殻ぷかぷかと死は舟つくりけり

蜘蛛の巣の蜘蛛の生みて時間とよ時間とよてふ父母に言はれき

犬にいいのッと言つてあたしつたら言葉なあんて信じてゐるのか

ゆふやけきれいだなー棚引く雲の影ぽつかりと抽斗のひらく音

生きるつて大変生きてるつて変生ききつてなんかかほ変つたか

すれちがひざまこんばんはあと声かけてくれたる老婆芍薬の丈

腕から脇枝が刺さつてゐるごとしわれ刺し木へ還る雀蜂

ここ数日死を待つのみの虫見しを潮時もしお退きつて払つたら

さしのべる両手のなかに籠がきて売買に日々の声交はすかな

人間の真似してゐたりおはやうございますお変りありませんか

けふなにが起るかワクワク職場来てなにもなかつたねがおこつた

いつも笑顔でゐるその人は重力のにもかかはらずわれ関はらす

だいすきとかはいいこゑが漏れ聞え声の方かしを見る女の子

母がむかし履いてゐた靴家の先にどうぞとぞあり江ノ島への道

中に星いくつか宿す球などを旅先にして七つ求めたり

威勢よくピンと滑り出でたるはぢぢいが口にくはへし切符

ドブネズミのとげとげの毛が日に当る一瞬　側溝の　ぽちやん！

唾（つばき）もてわれらはいやす売買の互ひ隔てるビニルに日が当る

歩行者通りまーすホースの水止り見守られつつ虹の下くぐる

わが眼書の十数頁のうへすべりせり上がりきて転がる心

一人は潰し一人は箱のままお～いお茶もつ車窓より海キラキラ～

汗を拭くタオルのごときものみえて青空のあーそーゆーことね

笊のうへに夏茄子の汗木下陰すずしきひとの手へすべるかな

病床のやうなかたちを迫られて皇居の外の数万（すまん）の一夜

ああ見える汝れとわが唾よく透けて光れる壁に霧吹きかけて

われとおまへのあはひに立ててくる日傘マスクなどしてゐないからつて

草つて凄異る生え様びつしりとゐることの暴力のやはらかさ

カナヘビの川への落下躊躇なし地面ぎらぎら脈うたたせて

恋人よ〜などと口突きそののちの歌詞忘れしばらくの　そばにゐて

こんなにもちかづいてゐた静寂に静粛に誓詞ゆく神の域

常に話しかけられてゐる電車にてそのうち英語など添へられつ

話しかけてくれるだけで嬉しくつて手を見ても夕立と話せなさ

息しないものにマスクをつけさせて戸の向かう秘仏(かくしぼとけ)のせき

わたしのことあはれだうして好きな人隣にゐて稲妻のやうに

こつちへ行くこつちへ行くと泣く子が　母の　手を何も無き処へ引き

こつそりとこちらを覗き消えてゆく尻洗浄機首かしげたり

ソーダみたいに泡ついてるよ四〇度浴場にこゑころさぬこら

岩湯にてそをみしゆゑにはしやぎしがわれ楚々として蟹歩みせり

あのひとと歩きかたからわかられてわれありあなたとともに

つねにつねに己の場所を告げてくる便所ありあちこちの駅にて

ねえ指ちゆぱやめてとママが話しかけてくれる迄がきんちよのちゆぱちゆぱ

あっ昼間からあんなことして高層ビルから落つこつたやうな音

シャイなあなたの椎の香を嗅ぐと輝くトリップしたやうなかほ

薔薇の花咲いたよここにここここに鶏なども二羽おもひつつ

雲のやうな人死ぬなよな君の中より雷発せりしを時のまだ

ほんとかなと手と目あげたり夏の空晴るるも雨数粒はぐれしか

腕のない人とふたりすれちがふ夏なり海近き町のうで

この一度限り互ひのはじめての人と時いいお天気ですね！

珈琲を静かに置くやすみませんといはれてしまふかぼそき声で

肩車してやる夢をわれは幹ほそかりけりな雲までとどけ

その人にまた呼ばれたきわれとわが名よ飛んでゆけ飛んでゆけ

言はれてぶち切れて一日二日してなほ収まらぬ光をかへす

マスクしてゐないドキッと春の原歌ふ鳥らに目を遊ばせて

世界終りしあとか閑かな珈琲店主の寝息ただよってくるまで

薄き板けはしきかほで連打するひとらみち暗き道にぎはふよ

みんな前観ず掌の中をじっと見て歩く見ること人にまかせつ

おぢいさんの方より甘き香りするバス着て飴を噛み砕く音

その先に犬ゐることを感じつつ戸にキイさせり日もとうの先

抜いてやる炒子(いりこ)の首とともにきてすつぽりと固き臓器のかたち

いりこだし煮れば二階もしばらくは魚の生粉となつて香し

ひととゐてふと同じうた口を突く何でだ廊下こゑひびかせつ

眩しさうに楽しげ犬がはあはあとああはあはあと陽のなかにゐて

野つぱらでひつぱられつつしてゐるから何かしの字に犬からとべり

うんうんと頷く首も凍るべきああ君のはい聞いたことなし

きみが見てゐてくれるからつてことも曇りやすきよわたしの眼

雲を見てもきみは思はずわが耳のあたりに胸があつたこと

この人とゐるときのわれ少しちがふ剛くんの声にややつられつつ

箸が転がつても笑つてゐた頃へころりと紺の箸ころがれり

窓よりの見慣れた景色にあるかなき動きみえ降りはじめてゐたり

雲のやうな人と称ばれて　長身の　いがぐり頭撫でにきたぞ

雲のやうな人と称ばれて喜んでゐたな凍てつく室でわれら会ふ

きみを雲のやうな人と言ひたるは福島泰樹　師と聞きし訃音

安置所にきみは肩まで出されゐて凍りてをりな雲のやうなひと

なにもしてゐないがゆゑに人に苛烈な人たちの光がけふも

幸福な王子

透明な空の箱もちしばらくをひとらゆくゆきにこゑはりあげて

その話聞いたと言はれわれわれは言はれた言葉積むうつはかな

本ギチッと書棚にありてうるさしとうるはしの差にさはりしか子も

御婆ちやん我忘れつつ踊りたり人よりも然うと解るよう

ははははか　人の言葉の間違へがだうしても気になるといふこと

子供だからつて遊んでくれた人思ひださうとして生きてゐるよ

ねえ話聞いてる聴いてゐるよ続き待つてるよ夜光りあふ耳も

きよらかにかわく音せり朝まだき雨ふりの未だおもはれにきび

生きてある気配消えたり花々のふいにどつさりあるかの部屋にも

眠るやうにこくりこくりと生に堪えわが犬が手の枕を起つも

後架へと横切るたびにその部屋はわが嬉々としてありしと気づくよ

落葉初めて蒐めきし日の清しさにやうやく校門などよく見しか

嫌な厭ないはれた言葉いやぢやなくなる迄ひとに掃き捨てしかも

正当なわけさへあれば排除(リム)りたき虎視眈々の目を指でササーッ

それ既に読んだとメカに言はれたりあわれよりも先に彼(か)の人へと

みんな生きてゐて楽しいのかなつテイルランプさんざめく暗くション

わが葬をわれ見ず耳がひらくのみ声といふ声が零りかけられて

歩く蟬壁に見てゐて逝きやすき季節よほのぼのと昇るべし

顔ちつちやばばあのごときもの見えて嬉しさうお車に孤りきり

みどりごがそこのみだして御包みに死ににきたばかりのかほしてら

よろこんでくれるだれかを想定しするする無為の衣ぬぐふと

あざらかに毒色の海はよ死なんかなとおもはれわれあらう故
海がやつと孤りになる岸飛び散つてあられなき夏の腿飾るかな
死んでんのかなつて犬を見る息よとほつてくれ静か寝てゐるよ
あかんばうといふ宝庫に放りこむ言葉おりなすかなしみもあれど
中古にて購ひしげに懐かしき貯金箱が他人行儀にしづか

われに降りそそぐすべての言葉など蔵めて世界音割れするかな

あなたいまどこいづこからラインきて聞きだせずここ此処にゐるよ

愛はあらぬこと思ひあふ懼れから逸れて縒れああ在らしめなはは

コンタクトレンズ陰部にはりつきて視られをり然うと識られるまで

死後死者の暫し澄む耳見つめられ思つてないことを言つちまふ

いいなつて思つたことば使ひあふ教室がけふもきやうきらんぶ

母より語絶えず浴びせられてやつと、静か——赤児の translate

空の牛乳パックに要冷蔵とあるから冷蔵庫にあつたんだな

睡りの函といふや暗くて静かなる昼の幼稚園とほりすぎ

突如少女が小水のごとしやがみつつ何をするゆつくりと地に唾

けふはこんなことがありしといふ人の切なく若き声とほきかな

イエスに日本語を教へるといふ老婆もうだいぶ解るやうになりました

古代人つかれを知るやつかれたと思ふほどつきものは離れしや

じぶんしかこんな愛してゐないんぢやんかつてものこそ愛に価する

好きな人の絵の声変るキャラクター生き生きさせてくれた者の逝き

わらわらと童が白い服を着て車内へ入れり　目ではなしあふ

母に添ふあねの肩いもうとの肩竈かなスマートフォンのまへで

時ごとに色々な玉消させられわれらの貌の照らされやすき

辛いときわたしを護つてくれるのはたましひどんでん返しの鏡

最近ハマつてゐること読者カード出すことり一頁よりちひさき

あふむけの癌さらしの熟睡の犬のさうしあはせさう然うなのかな

老婆らの似つつ固有なかほなどをとほくに見つつ母見つけたり

神はうへなのかかつてかそのかみはわたしてわたしされ母の上

児は声とともに生まれきさはがしき世をなにものも隔てず聞きて

めつちや五月蠅いうへに無限に喋るかと思ふほど無からきた餓鬼ども

あなただれといはれ電話を切られつつ札束のごとよく光る川よ

日も月も見えずとも在るこそよけれ少年の頃わが蹴りし球も

好きな人と食べるコンビニ弁当の容器ぴたりとかさなりて飛ぶ

湯を注ぐ途端うつはをやめてゆく硝子のわれややはらかく割れや

生まれてから言葉なげこまれてやつと可燃不可燃などおぼえしか

献金の老婆らうたひながら来て光つたりすきとほる空の函

風にめくれる電子書籍の消えたりし現れたりする頁の音楽（ムジカ）

ワン犬が孤りで吠えてわたしたちの住む世のむかうがは煩（うるさ）いか

メールといふ暴力に似て未だ若きカルチャァかるき音たてて着き

ラインに既読つけつつ返信せず数年此奴とこんなに親密になれて

あらかじめいくらか入つてゐるであらうその筈美しき迄青い空

青空の函

生きてあるなら変りあふふたりかなしみが色々を思はする

もう二度と聞けない声を思ひいづるからだたからの蔵だつたから

鳥だけが高きところで糞するを吾亦紅白色（はくしよく）のくわうきよ

こころ翻（ひるがへ）せ臍から鼠径まで弧をゑがきいくつある君の孔

夢に出てきてくれる好きなすてきな人ねがへり陽の光のはうまで

太陽から離（か）れてふる雪きみとわがねせうべん孤をゑがきあふかな

話すことすべて信じてくれる児に鏡の向かうわれらもう一人

きみがゐて初めてわたしらしくあるたとふれば二つの穴が真向ふ

心此処まで鳴らず鈴生(な)りひたひたと直向(ひたむき)なひたひ見せてくれて

愛してゐるといふ鈴ろなる声がいまここに響かずあつたつけか

変さ隠して生きてきたけどきみとゐるわれや聖なるものよく笑ふ

ママ待つてる！　童女りりしくいひのこすどこゆくのよこの妖婆をおいて

この恋をとげとげあはれ仙人掌の黄なるひとはないささか陽気

丘にこゑあがりて人とふりかへる子らが見守りゐる大水青

己より大きなものがしたがつて従つてした勝手したかつて

愛するものに寄せゆくわれや我々やあはれ割れ目に入る消屑も

おしりつて大事緊急停車して幼児ころびぬいとやはらかく

本屋で本のうへにおしりを置く少年しかりとばしてやる星の棚

祖母の名を家具その他あるかの室にかけたりたらちねのおきどころ

子らがわらひながら死者やら生者らのゐる部屋に入る静まりや

お盆より手から手へ卓へわたりゆく麦酒の罎のうるはしさかな

そこだけ陽当る岩肌飛びすさりおもはず触れり温涼の境

世界で最もありふれた貌観音の善きことをするまへの表情

お父さんとお母さんが仲良くしてくれますように短冊見ゆる靡かず

生きて最も見るものはわれそれも像で動かせいつでも目を逸らしうる

バスの揺れによろけつ老婆両替にくるも楽しもダンスのごとし

雨のあとの舗道隣の小林にたまれる水が降る　つきあひで

犬の息はやくて浅し人といふ深く呼吸をするものがそふ

いつ死ぬか解らぬものと生きゐつつ勝手口など出てゆきやすし

朝風呂にどこやら赤子のむせび泣く声とどきどきりむねからした

いちばん陽当るところが物凄き速さで動き触れてみたりけり

蟻たかる虫を紙もてつつみたりたちまち蟻世界白い襞

犬が歩いてゐるだけ幸せ犬（ケン）といふ声漏れけんけんぱつしてしまふ

少年の群れに入るとき金属と麦茶のなかで氷が鳴るも

空から水降るとすずしいぴつたりと夏のひと薄くちひさな服

この布きれ見て瞬く間己が着る様おもふこのばかをとめつて

きみがゐるからできること勝手なり孤りと言ひ出ていってしまふの

わたしのことだれもなんにも考へてくれなゐ世界ひもくれずあれ

暗く狭き室に呑みこむ穴あるところこはいといふ祖母ともなふ

われが泣いてゐると老婆がどこからか綺麗な声といってくれたまふ

指で剥くいのちのあとの魚たちの旨くなるまへ傷つきやすし

わたしより多く速く輝く美しいもののまへに伏したり

あなたとの電話しばしば黙りがち耳元から噴きだしてくる声

われにのみ聞える声のうるささのしづけさやだあれもふりむかず

あたしでいいのだつて教へてクレタ島地震のことはそつと置いて

恋人の貌はりつめて音発すごとしいつておいでおいで

皆と歩いてゐるだけなのに大笑ひしてる子らこら手をつなぐべし

泣きじやくり終えり怒りの顔面を世界へ光速で送るなり

ふと足が蹴つてしまへる石がびゆん花束を刺し川へ落つるなり

脱げた靴足で転がし履きおほせ美々しきかなやわうだんほだうも

階段をのぼりおりするわが心人のかたちはまづとるまいぞ

鋭く変なわたしが君に伝はつてしまつたな何も無い　掌（たなごころ）

こひびとのこゑこころ振るりんかくから変に桜なら散るのか

暴力であるみづからに酔ふこともはぢらはず桜花光背（バック）で

母は母にわれに変られ生まれしよしよしよの花この日と見つむ

母とした会話おそらくくりかへしてゐるのだらう駅の少年

老いたおほ母が母思（も）ふもふもふの毛布も薄く擦りきれたてふ

たましひの背中へのゆき昆虫の重心くるひ脚うごくなり

わたしとはいまとかなたの重なりに置く雪や奥床しき住居

みてきいていひあふことの積もれるを降雪のまへ貌きらめかす

二度となき時のはうから記憶きて宛先はつねにわれといふか

たえてこぬ祖母への手紙この人が書きしものいづこへと雪鹿

鏡階段

死の後も夢にあらはれ喋つたり歩いたりしてよかつたね

尻ポケットよりする御声結崎（ゆふき）さあんそこから口やら耳とほきかな

便座より立ちては落ちるちり紙は花びらやさつきまでの満開

花の最も集まるところ渠それ迄は宙に暫く存る揺らめきや

心折れさうなとき見る空の星ふれあはず真つ直ぐなちひささや

ちゆうもくをあびるその前鳩一羽頭上掠めてゆがみをるわれよ

駈けてくる犬を抱きあげ軽くなつてゐること高いたかいで知りきす

父はいいよといふのみ空は言はなくつて眩しき眼もて吾を見ず

踏切のまへに老婆と乳母車動かざり速きものをまた見よつか

母の声夢ではするを息子らに言ひしが生々しきその脳(なう)

目的不明犬矢のごとくわがまへに来てお手のなかその額をうづむ

意志尊重といへ医師言はざりゐしずるずると啜る他人のそば

御言葉の出来なくなるまで延命し朽ち果ててただそこにゐてみてよ

信じられぬほど小さきおばあちゃん見て夢にも見て夕ぐれず

顔面の潰れしひとを夢に見したぶんすれ違ひしあの人とおもふ

死期近き人のどうでもよくつての寝返りはいへよりもいいねえ

小さく前へ倣へ　刃のやうにだし笑　少年のお臀も割れし

毛のあひは血まみれ蜂や腫れみせてしたたる巣噛みエッ?となる熊よ

不安だから鳥は囀りみづからの聞きなれし声ごゑでみたしあふ

達観からリアルへ蛙跳をする児を見るはカメラらに任せつつ

樹に登ると保母さんがついてゐてくれて紅の帽桃に近づく

赤ん坊泣きじやくりつつゆつくりとことばの精度上げて乳飲む

少年はおしやぶ林檎の凹みにとほく挿しこむ母語もたぬところ

駅の端母はなにかを吸ひにゆく快く速く二本消したまふ

私はとても美しいその後の歌詞忘れ恍惚(うつとり)と雪のやうな白い猫

死からのち思ひだすこと纔(わづ)かわづかなかみくづゆ溢れてくるよ

薄き川とりどりの岩にとどこほり毬栗もありなにかとおもふ

カマキリの翠精巧歩いたり食べたり葉つぱよりするからかも

蜻蛉去る時のゆつくり人に近づかれたししやうがなし飛翔

飛ぶ飛蝗みとどけゐしが向うから来るバイク乗り爺に当りき

亡き人をまた介護する夢みしを泡にまみれてわれ思ひ出づる

父はとほくでいいねを押してくれたまふのみのものでいいいいねなきかな

犬はニヤついたりせず愛してゐる等々聞きながし幸せさう

むしろ光を迎へむとしてわが瞼鎖すさすがにながれくるいし

木と紐のあるはきもののうへにゐて夏の川酒量よりも少なし

森といふ湿潤の蔵からからと缶からませてここ薄き川

蟬に耳、あるよ　腹にね　死のまへのはばたき　forte subito piano

光る宙にゐていつもいつでもホンキで生きてるこいつたちは犬

人の足踏んで御免なさいといひやり場なきものを生んでしまふ

子がトコトコと歩きふりかへりだあれもゐず電柱がゐてやつた

生まれて何日なのよつて赤ん坊くるまれて神社など見なさんな

かうしてゐるとかに刺されないよかにさん⁉足踏みをする母と蟹娘

いまのやうに愛するのができなくなることを思ひながら生きよ

光速で届く罵倒を見届ける指さばきそんなのだだだめだよ

とほくからみれば磔刑キリストも丘のうへなにかつどふひとら

黙読の時の心のことばなどかんがへてよ蟬のからだのから

気にすん鯰なるもの描きて送りたり薄き板かの掌（て）のうへふるふ

音をたてずに着てゐる私信死んでなど返信で震動することば

青光に奇妙なオトコ浮かびたりたれもさはれず声かけもせず

歩きながら君が何かを思ひだしさうしてゐるすつと抜ける時間

こころつて弱　くりかへすあの時あああああしてあげられなかつたこと

ふりむく煙何度も見しがうしろまへ解らず人の骨がお盆のうへ

命全く瞬くまにてひるがへれかわくゆゑ宙をゆきたる衣

生きてゐると急に死ぬから空曇りつつ手を皿にして傘にしてけよ

こころあらたにし綺麗ね巻き髪のなかまで不躾に入りたまふ

風邪ひきて風邪ひかぬわれから解かれこんこんと毛布かさねて眠る

おはよ鰻丼すすりつつ背の宙に浮いてゐる薄き地震(なゐ)映すもの

おそらくは出しやすいのかも一音の大母の声オルガンのごとし

老いはであること生きたした息した逝きもせず今ここにゐるのよ

死は神輿レイルにて棺はうごき手から先だれも歩けぬ距離

ひさしぶりに寝たきりの祖母を動かすは骨より長き箸二本もて

音なくまはる世界しづやかなり旅をして禱るつとめの人

蕩児

書容設計 *book design:* **羽良多平吉** heiQuicci HARATA/ harata.edix@gmail.com.

装画 *dessin:* 函・扉・Le Prince Heureux, 2022/

函・表紙・Le Prodigue, 2022/

p.7・Le Prodigue, 1983

par **狂仄** QUIESTCEQUE, *kyosoku*

全首索引全訓

p._87

幸福な王子

Les Écoliers en Miroirs

2019-2022

青空の函

La Boite du Ciel

2018

p._41

鏡階段

Les Escaliers en Miroirs

2017

p._25

目次

結崎　剛　歌集

幸福な王子

Le Prince Heureux

YOUQUI Go

Poésies 2016-2022

Minato no Hito

港の人